棒球人生賽

7th

蠢羊——編繪

登場人物介紹

張關一

武德高中棒球隊隊長，
位置捕手，非常聰明。
目前與啦啦隊隊長田心交往中。

郭武義

武德高中棒球隊教練，實力很強。
雖然不擅溝通，但很關心球員。

馬博拉斯

武德高中一年級生，
由巡山員撫養長大，
在平地內斂安靜，
回到山上則充滿自信。

林峰生

毫無存在感的巨蟹座男主角，
平時在夜市擺棒球九宮格幫忙家計，
有著極高的投球天賦卻不自知，
被關一挖掘後才開始投球。
如今已成長為武德高中
棒球隊的王牌投手。

湯德灰

集各種天賦與優異能力
於一身的最強現役高中球員，
高中以前都在海外讀書打球。
與峰生是亦敵亦友的關係。

湯瑪仕

平南高中棒球隊副隊長，
性格謙遜溫和，
但打起球來威力驚人，
與湯德灰被共同稱作
「府城加農炮」。

黃豐英

平南高中棒球隊教練，
日職退役，帶兵風格嚴厲，
但是對湯德灰非常頭痛。

前情提要

全國大賽到來，峰生被派任抽三十六強對手的重責大任，
有著新手運的他，首抽就中下下籤——平南高中！
「武德」與「平南」即將二次對決！
如今的武德棒球隊，經過高山特訓，基礎體能已大大提升，
也因為教練的努力，隊員們逐漸在球隊找到歸屬，
即使眾人齊心一力，實力脫胎換骨，
但是面對一軍全上的平南高中，勝算依舊渺茫……

CONTENTS

第44回．少年的罣礙與夢想

※扣倒：提前結束比賽。

還有三天就要對上平南了，
不管希望有多渺茫，能做就儘量多做了。
峰生，假想一下。
八局下半，兩隊平手，有個已經打了二壘安打、三壘安打和全壘打的打者，
一壘打
二壘打
三壘打
HOME RUN
他第四次打擊，又打出一支頗深的安打……你覺得他應該停在一壘就好，
順便解個人成就——完全打擊，還是要試著拚上二壘得點圈？

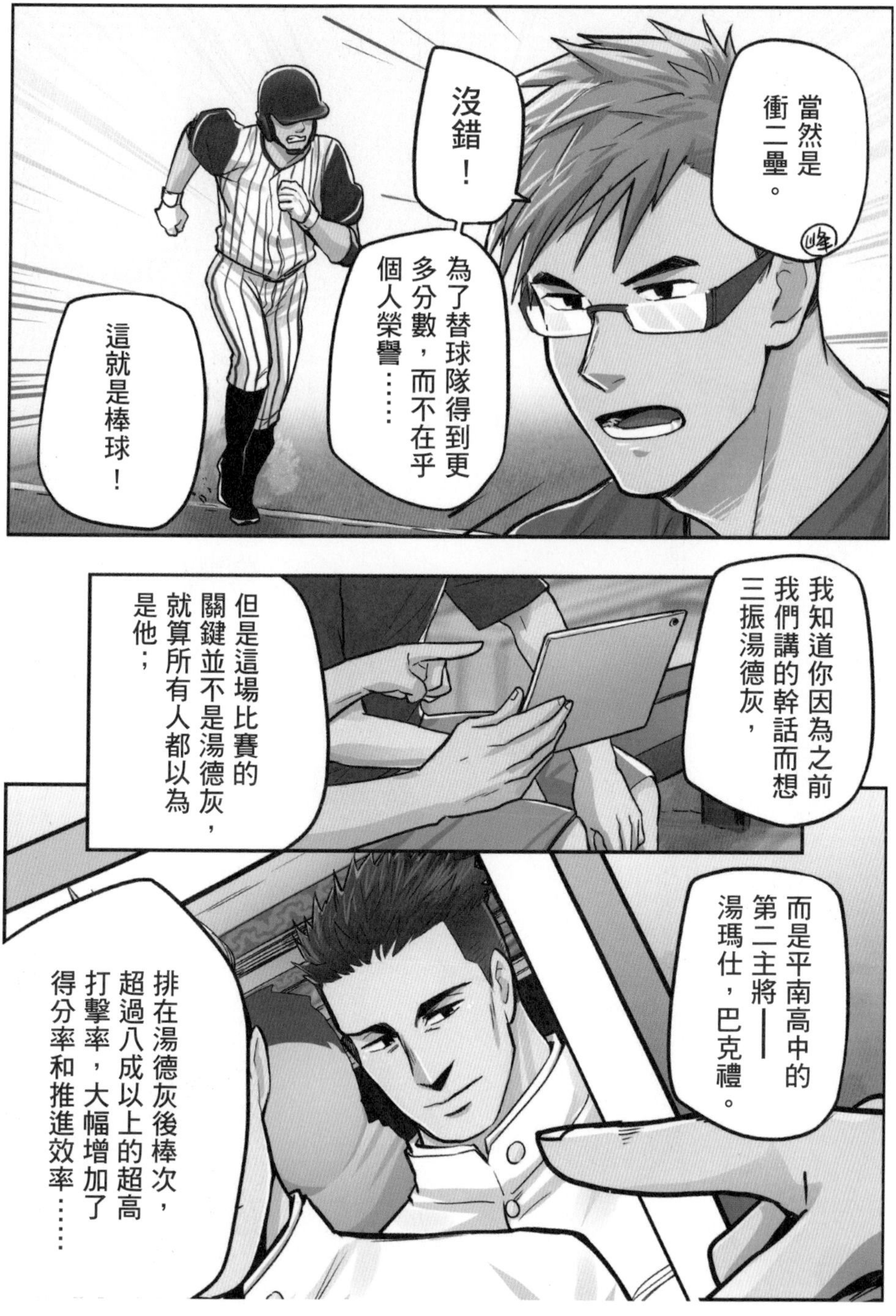
當然是衝二壘。
沒錯！
為了替球隊得到更多分數，而不在乎個人榮譽……
這就是棒球！
我知道你因為之前我們講的幹話而想三振湯德灰，
但是這場比賽的關鍵並不是湯德灰，就算所有人都以為是他；
而是平南高中的第二主將──湯瑪仕，巴克禮。
排在湯德灰後棒次，超過八成以上的超高打擊率，大幅增加了得分率和推進效率……

搭配湯德灰的
超高盜壘率，
以及球速高達
一五〇的火球投手
關灼白……
光是靠這三個人，
去年平南殺遍了
南部聯盟，甚至能
重新跟大港高中爭奪
臺灣南霸天的名號！

我記得你沒催過自己最高速，都是智取三振吧？
應該沒有。
「那顆球」練得差不多了吧？
應該。
如果你判斷是關鍵時刻的話，就別保留了，
這是淘汰賽，如果保留過頭，還沒來得及有機會發揮前就會被幹掉。
我們要幹掉的是平南高中，不是湯德灰！
……我明白。
別讓我失望。

唉……
都要比賽了，衣服還沒有還他……
20萬日幣……
別想太多啦，反正一定會被打爆的！
薛政翟你給我閉嘴！
還沒中午啊……
嗯……
呼
呼

張關
田心她好像變瘦了，
因為都在練習應援嗎……
張關一

噗
嗳？
等等……
什麼時候的事情？
山上訓練時？
絕對是，
都打完地方資格賽了耶，
為什麼沒跟我說？
不是說高攀不起人家嗎？
他們家那麼
佪兜遐爾仔有錢，
又
闍有勢……
為什麼不跟我講啊？是不想讓我知道嗎？
哪有可能接受我
在 叫賣
這款佇夜市仔喝賣
女人
的查某人……
我知道他是個很有野心和目標的人，可是咱不是啊……
而且關一……

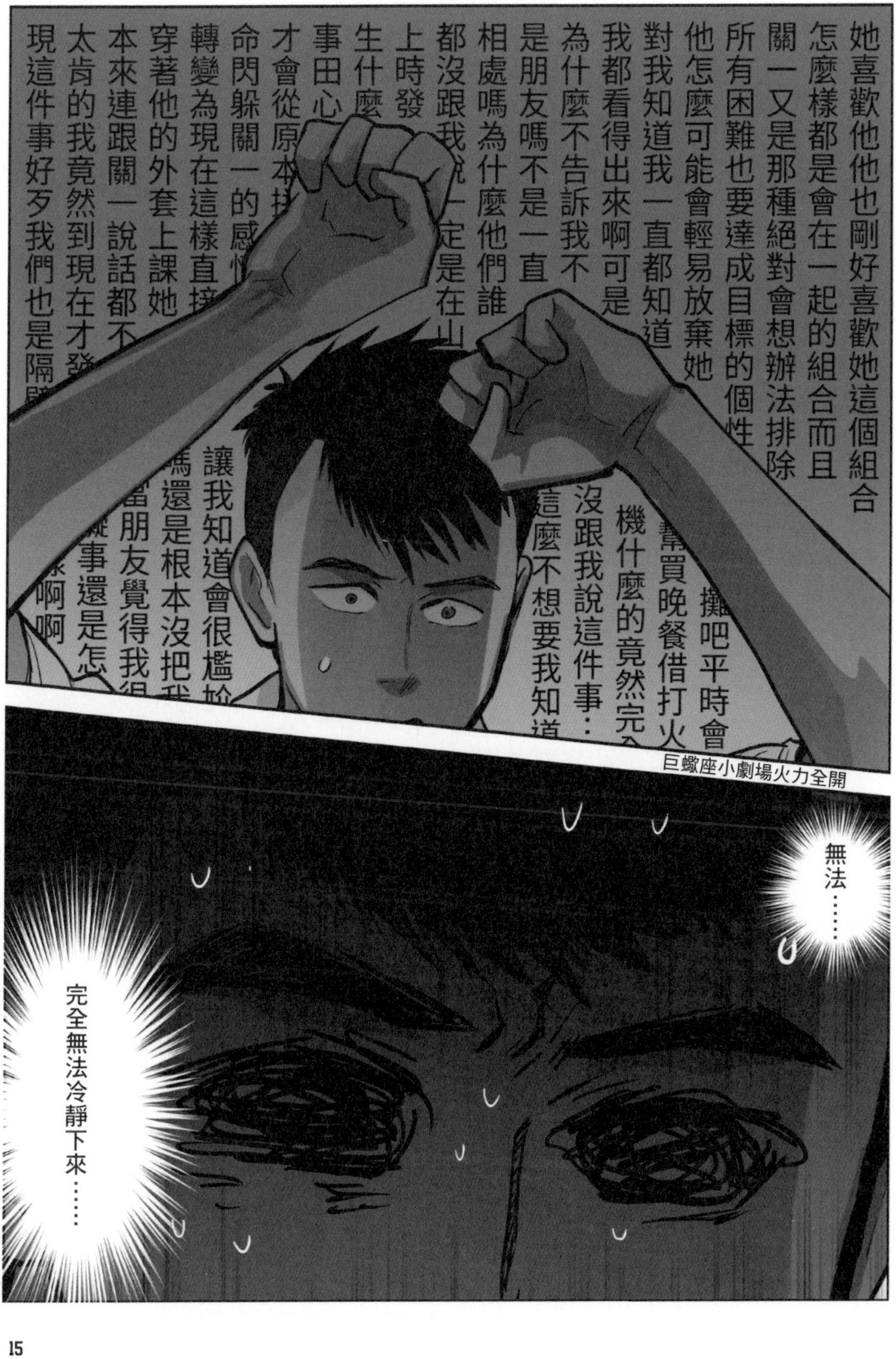
她喜歡他他也剛好喜歡她這個組合
怎麼樣都是會在一起的組合而且
關一又是那種絕對會想辦法排除
所有困難也要達成目標的個性
他怎麼可能會輕易放棄她
對我知道我一直都知道
我都看得出來啊可是
為什麼不告訴我不
是朋友嗎不是一直
相處嗎為什麼他們誰
都沒跟我說一定是在山
上時發
生什麼
事田心
才會從原本
命閃躲關一的感
轉變為現在這樣直
穿著他的外套上課她
本來連跟關一說話都不
太肯的我竟然到現在才發
現這件事好歹我們也是隔
攤吧平時會
靠買晚餐借打火
機什麼的竟然完
沒跟我說這件事⋯
這麼不想要我知道
讓我知道會很尷尬
嗎還是根本沒把我
當朋友覺得我
事還是怎
啊啊
巨蠍座小劇場火力全開
無法⋯⋯
完全無法冷靜下來⋯⋯

停。
你不是很專心的樣子。
找不到好球帶嗎？
有什麼事情可以問我。
阿峰……
奇怪，早上明明還正常的……
為什麼突然失準得好像變了個人一樣？

絕對發生了什麼事。
峰生的個性很穩重，但不能激，
他自己願意講的話就會講……
那就等吧。
……
教練應該也知道才對……
瞄
怎麼辦？但是教練一定會等到我說為止……
他超煩的。
真的在等。
而且球隊氣氛已經夠緊繃了……
？
怎麼了？

……如果，
教練你在比賽前突然有心事……
你會怎麼辦？
沒怎麼辦，
能解決的就解決。
如果不能解決，那就在登板前把它壓到心中最深處，
球迷付錢買門票、還有付我薪水的球團，他們要看的是我的表現，不是看我哭喪的模樣！

這是職業球員該有的態度！
職業球員……
……明白了。
那就再試看看吧。
教練開導是有效，總算修進好球帶了，
但是尾勁離正常還有段差距……
雖然也想知道阿峰怎麼了，
……看起來我不適合問呢。
唉……

糟透了……
今天火氣很大喔你。
聽說你後天就要跟阿灰他們比賽？
幹嘛這樣，又不是我主動問的。阿灰自己跟我說的。
啊你衣服不是還沒還他？
……
如果不能解決，那就在登板前把它壓到心中最深處，
球迷付錢買門票、還有付我薪水的球團，他們要看的是我的表現，不是看我哭喪的模樣！
……嘖，
好煩人的大叔……
給我。

給。
不是這個！是叫妳把他的帳號給我！
啊不是問我怎麼還沒還他衣服？
你又沒說要給什麼。
吵死了，我只是要還他……
……女裝？
笑屁啊快點吃一吃要去擺攤了！
灰灰HUI
嗨！
在吃了在吃了在吃了~

隔天早上・臺南

……
比賽應該是明天。
……嗯。
……
喀
打算直接在臺南待到明天對吧，
啊！
如果就這樣把外地來的朋友丟在火車站一走了之……

可是有失臺南人的待客之道啊！
欸？
啊？
走我們去玩！
蛤啊!?

好飽……
免啦三八
來臺南就是
給我請啊！
這可是法官
都認同的臺南
早餐啊！
芝蔴醬
這間超好吃
的對吧？
我爸他們家
還有我親戚
幾十年來都
買這間！
走接下來
帶你去必跑
的行程。
你不用去
練球嗎？

我聽說你們學校以嚴格的訓練出名。
嘛……是這樣沒錯。
不過你也是主將，兩隊主將一起翹掉訓練就扯平了嘛。
而且我們可是雙主將，不用擔心！
真的是這樣嗎……
大丈夫、大丈夫！
湯瑪仕會坦住的。

湯德灰那傢伙呢？啊？！
當然絕對不是這樣。
快想辦法連絡那傢伙啊！湯瑪仕！快！
阿灰你到底走去佗矣（哪了）……
就是太寵那小王八蛋了！竟然賽前翹掉訓練！
你人呢？
練習已經開始了
阿灰????
教練真正受氣矣
你人是走去佗？
Hey anyone here?
莫kan-na會曉已讀
你眞正無愛來練球？
ARE YOU KIDDING???
莫kan-na會曉（別只是）已讀啊啊……
有種就別回來！等比賽結束我一定宰了那臭小子！
今仔日的訓練穩死的……

湯德灰
在我這喔
前我幫你教他一天
今天就把他借我玩一天吧
明天我會送他去車站跟你們會合
自己一個跑去臺南了嗎……
真的很不像峰生會做的事……
那個……
我的外套被飲料潑到了，可以借你的嗎？
他一定是發現了吧……
本來想說告白後就忙得連見面也沒辦法，
至少借外套這種小事……
你總是注視著她、
刻意捉弄她……

是我的錯啊，你怎麼可能沒有發現……
但是比起擔心競爭者出現，
更擔心比賽的我又算什麼呢……
嘩ー
嘩ー
嘩ー

那個，謝謝你。
還有我弟弟的事……
不要緊。
……不知道我弟為什麼突然那樣說，
但我並不討厭你。
不討厭我，就是喜歡我囉？
……還是討厭好了。
哈哈你是傲嬌嗎？
蛤？
傲什麼？
沒事，這樣就好。
……

欸，女生能跟喜歡的男生在一起，一定會很高興吧？
……那個很漂亮的女孩子嗎？
……她喜歡我們隊長。
你說過。
……
他們兩個都是好人。
我一直知道他們互相喜歡……
可是知道他們在交往後，我還是不想看到他們……
可是我並不討厭他們，
我討厭的是正在嫉妒的自己。
是啊，像我也該檢討檢討自己。
……你有什麼好檢討的。
條件這麼好~
不，我是說真的喔。
我也被女孩子甩過。

可是他很帥耶，又高又壯，是混血兒嗎……
雖然就跟你想的一樣，很多女孩子喜歡我，
對喔。
欸好帥，你是混血兒吧？
棒球員很多都很早就結婚了，我也打算找個對象，早點安定下來。
不過，因為我太沉迷打球了，整天都在球場，不然就是看球賽或重訓……
所以她受不了，問我棒球跟她哪個重要。
……你該不會回答棒球吧。
Dream First！
我最大的缺點竟然是我最大的優點呢！

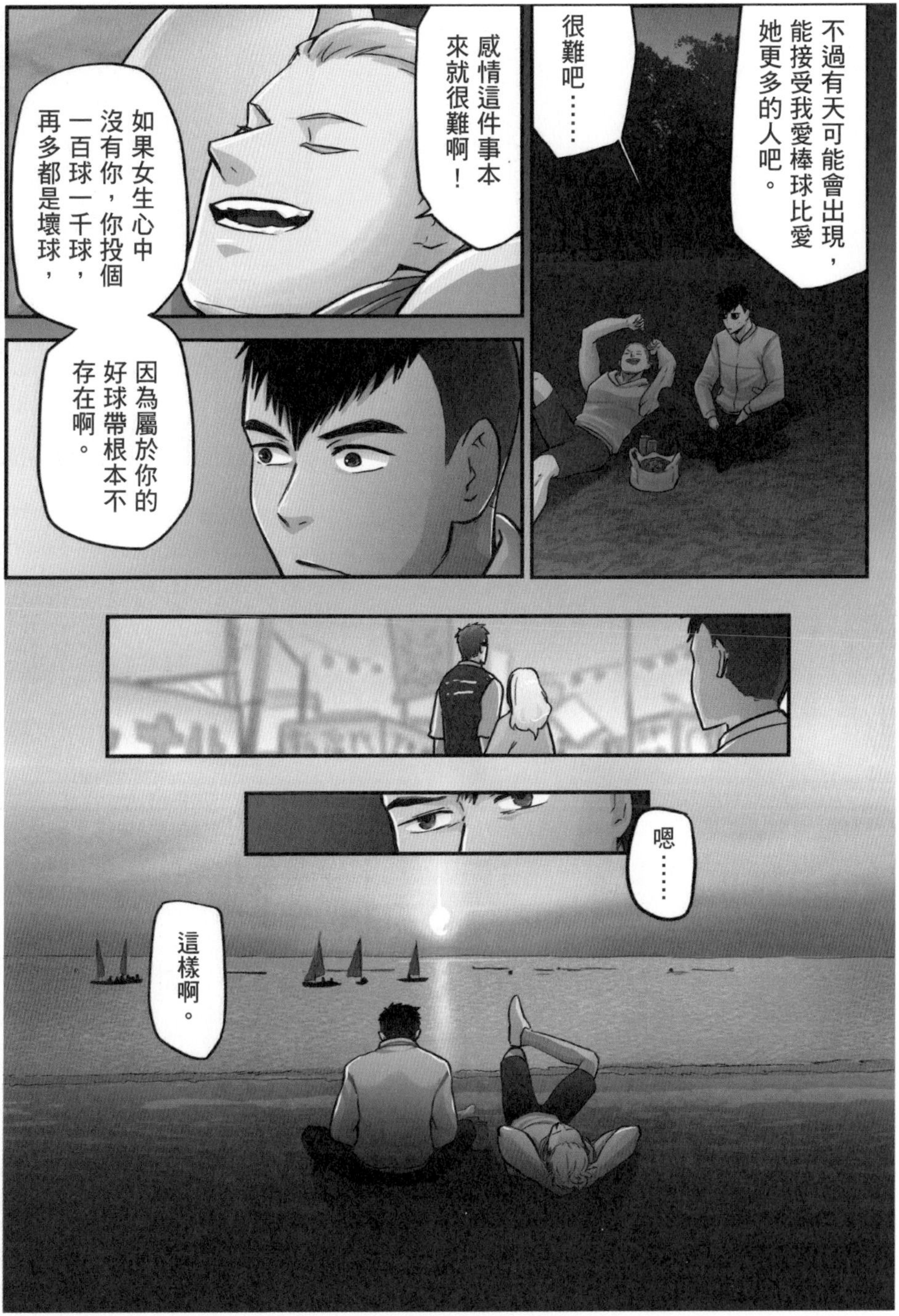
不過有天可能會出現，能接受我愛棒球比愛她更多的人吧。
很難吧……
感情這件事本來就很難啊！
如果女生心中沒有你，你投個一百球一千球，再多都是壞球，
因為屬於你的好球帶根本不存在啊。
嗯……
這樣啊。

這就是我家！雖然老了點。
不過熱水跟冷氣都有，沒有後空翻貓咪就是了。
結果還是來住他家了……
貓？後空翻？
通鋪在二樓，我先去洗澡，你自便。
剛剛躺在沙灘超髒的。
今天就住我家吧！明早再帶你去車站。
可是我突然去住，你家人會不會……
我家人都在國外啊，
不然你去住站前聽說鬧鬼那間怎樣？
也是不用？
（剛剛晚餐時決定的）
他一個人住在臺灣嗎？
……這也有點太空曠了。

根本沒有居住的感覺……
簽名球？
那可是我的寶物呢。
給我穿上衣服啊啊啊！
蛤？這裡是我家啊。
有客人來啊！我啊！我在！
阿峰，我跟你說喔！
Calvin Klein
這個是我爸第一次帶我去美國大師聯盟時得到的簽名球！

因為我從小在日本長大，全日本都知道他的名字，
在人們的心中他就是個進行式的傳說，
我跟你說球星都很喜歡小孩子，
所以我爸在比賽前，就帶我進去要簽名，
ICHIRO—
ICHIRO—
但那時候我很矮，美國小孩又一個比一個高大，還很胖。
一朗さん！
サインをお願いします！

也許是我用日文拚命大喊的關係，總之我拿到了！
從那天起……
你就開始打球？
對，就跟每個喜歡鈴木一朗的小朋友一樣，
努力打球、揮棒！
夢想自己有一天也能背負同樣的背號，站在西雅圖的天空下，
穿著青藍色的球衣跑出來接受大家歡呼……！

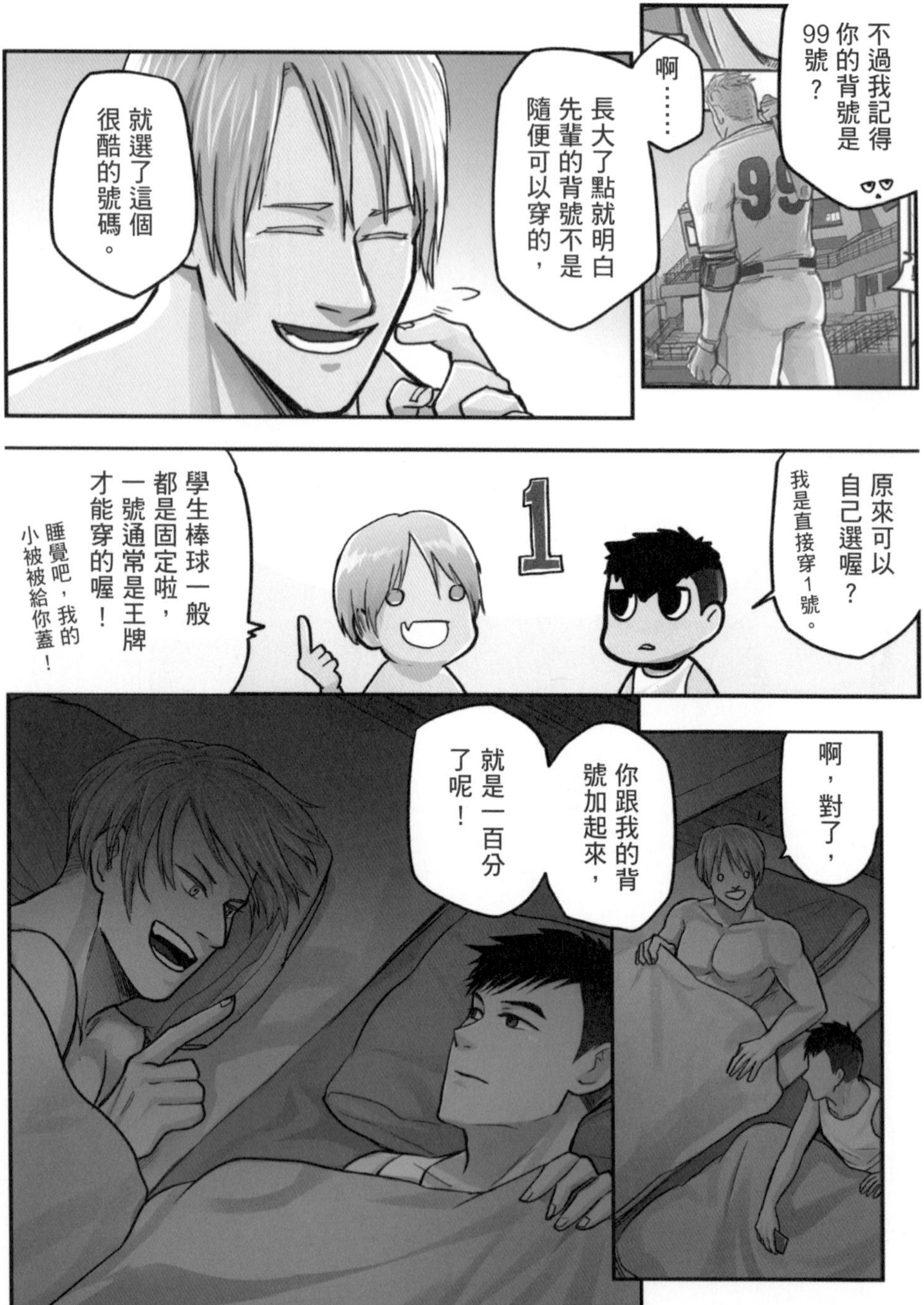
不過我記得你的背號是99號？
99
啊……
長大了點就明白先輩的背號不是隨便可以穿的，
就選了這個很酷的號碼。
原來可以自己選喔？
我是直接穿1號。
1
學生棒球一般都是固定啦，一號通常是王牌才能穿的喔！
睡覺吧，我的小被被給你蓋！
啊，對了，
你跟我的背號加起來，
就是一百分了呢！

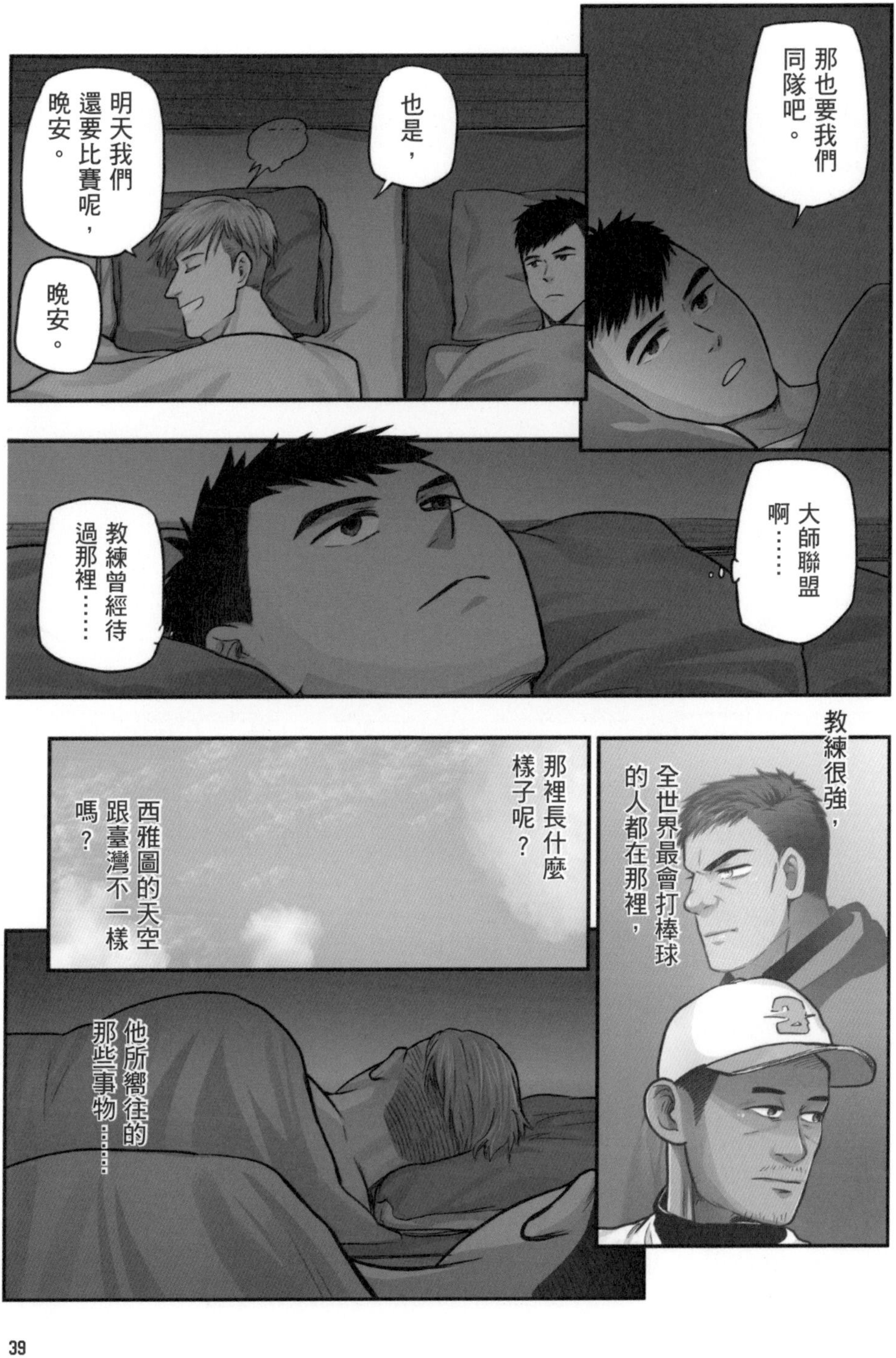
那也要我們同隊吧。
也是，
明天我們還要比賽呢，晚安。
晚安。
大師聯盟啊……
教練曾經待過那裡……
教練很強，全世界最會打棒球的人都在那裡，
那裡長什麼樣子呢？
西雅圖的天空跟臺灣不一樣嗎？
他所嚮往的那些事物……

他想去的那個舞臺……
我也想去看看……不，
不只是看看而已……
——是也想要站上那個舞臺。
棒球的最高殿堂……

HUI
99
HUI
99
LIN
1
GEICO GEICO

我也好想要鈴木一朗的簽名球喔，
棒球人生賽剛開始連載時他回到水手隊，
沒多久就退休了呢……

第45回．二戰平南高中 上

呼
呼
小被被
呼
這傢伙……啊啊掙不開！
怎麼連睡著時力氣都這麼大……喂！醒醒！
唔
啊醒了！
黃色？
呼……

湯德灰起床！
終於放開了……
醒了嗎你？
……
又沒穿！
算了，這裡是他家。
不過剛剛是怎麼回事？他的眼睛顏色是不是怪怪的？
算了，別想了。
把東西收一收以免還要再來找他。

借問一下今仔日敢有比賽？
喔有啊三點佇野球場遐，免錢喔。
那
好喔。
你學校的人到了嗎？
吃完過去車站應該差不多。
嗯。
他載我跟兩人份的球具感覺一點也不費力……
起步快，重心也穩。
再過幾小時就要跟這樣的傢伙對上了啊……

……這兩天很謝謝你。
嗶—
嗶—
武德
Bú-Tik
謝什麼，我是為了自己。
你知道該怎麼回報的……
今天可別讓我失望啊。
武德
Bú-Tik

出口
阿峰！
好詐，主將就可以早一天下來玩喔！有沒有去吃虱目魚湯啊？
滿好喝的但有點甜。
魚湯不甜是能喝嗎？
沒事就好啦！太緊張失常的話，喝碗魚湯配油條就沒事了！不夠就再吃碗肉燥飯！
沒事吧？
關一，
沒事了，抱歉突然請假，但我調整回來了。
下次想出門調整前，記得先交假單，傳個訊息也行。
等等到球場讓我確認一下你是不是真的調整回來了。
嗯。

臺南球場的風格也太獨特了吧……
因為這裡是臺南啊。
這球場也有百年歷史了。
蛤我們要在古蹟裡面打球喔？

加油喔！
！
絕對會贏的！大家！
我們會全力應援！
武德
Bú-Tik
咦，應援服？
喔你昨天翹掉練習沒看到，剛好趕上今天第一場比賽！
喔喔！對面啦啦隊超讚！
腿好長好漂亮啊!!

你看武德的隊長超正！
我最喜歡臺中女生了！
真的耶，身材超好！
不對吧……怎麼看都是對方女生比較正吧？
女生？
平南是男校喔。
男…
幹嘛那麼意外？
我們可是有市長跟議員CP的腐城啊～
轟
怎麼突然爆炸了？
平南高中榮譽校友
啦啦隊都到了，也代表……
喀
喀
來了！平南高中！
平南！
這個城市的代表！

三十六強賽第一輪……
由武德高中對抗平南高中！

比賽——
正式開始！
億豐銀行
武德

來者是客，武德高中先攻！
唔噫！
STRIKE！
好快！
而且還會偏移？
哈哈哈怕了吧！開路奇兵也碰不到的超高速火球！
他可是經過水與火的淬鍊……
受到火神守護的火球男——關灼白！
什麼守護，這又不是運動漫畫啊學長……

STRIKE！
果然關灼白很難應付，他的直球偏移得連奇奇都碰不到……
偏移還能叫直球嗎？
你的也會好嗎？還外加往內鑽，根本噁心兼垃圾。
不過我們關仔嶺出身的就是難對付啦哈哈！
不要給我在這時稱讚對手！奇奇被三振了啊啊啊！
可惡雖然已經有心理準備了，但沒想到這麼難對付……
呵，
真不愧是臺南，好多老面孔啊，
和小家主出門果然是對的。

稍早
臺中武德宮
昨晚喝得好像有點太多了……
……要前往地靈人傑的臺南……
是小家主啊……真難得看他這麼苦惱呢。
今日勢必是場苦戰……
求關爺庇佑……
嗯……
呼
呼
反正今日沒什麼工作，
俺便陪你去一趟吧。

許久不見了關廟爺。
你也是啊臺中爺。
廣澤尊王日安。
許久未見啊普濟王爺！
喔，臺中的關二爺怎麼有空來臺南？
隨家主來，順便見見朋友了。
歡迎啊，對了二爺，火王爺祂也來了！就坐棒球之神旁。
祂真難得下山啊大概因為場上的主投是祂主祭。
這真是稀客，絕對要去打聲招呼！
火王爺。
！
……是來自臺中的關二爺嗎？
正是。
稀客啊……是隨您的家主一起過來的嗎？

特地從深山移駕到市區，一路辛苦了。
呵呵～
像我們這些被遺留的他神，
畢竟是被祭祀者託付了心願，
只能盡心盡力地完成信眾的心願，
來換取維生的香火了。
武德
Bú-Tik
14

咱們同樣都是外神，就別這麼嚴肅了啊王爺。
昨晚公差得了瓶不錯的好酒，一起品酒賞球吧！
Hennessy
哈哈！信徒奉酒真是喝膩了，
感謝二爺的不藏私！
水、火，奉杯。
嗚嘎！
您家孩子也真不錯。
STRIKE！
哪比得上地靈人傑的臺南呢？
又不能不理畢竟是家主啊唉～
STRIKE！
我那小家主就因為太困擾才跟我說了一大堆，我才跟來的。
哈哈哈，我家的也是啊。

STRIKE！
三人出局，攻守交換！
那個藍髮的傢伙真的很難對付啊……
但至少碰得到球了……
嘿！
如果第一打席全碰不到球，就真的不妙了啊……
消耗他的用球數！高能！
關灼白怎麼了？
第一局還很正常的啊……

飛機？不對那是戰鬥機吧？
而且還兩臺？發生什麼事了？
對啊那是軍方的IDF，空軍的基地在南區啊。
阿共-á閣拍來矣，日常啦免緊張。
又來兩架了……
這個日常也太沉重了吧……
這邊的狀況也很沉重啊！
STRIKE！

三人出局、攻守交換！
走了，記得我們的策略吧，峰生？
嗯……
記得……
你知道該怎麼回報的……
……今天可別讓我失望啊。
讓他上壘也沒關係，目標是解決湯德灰以外的所有打者！
99

關仔嶺火王爺

日本人離開後留在
此地的火王爺，
原本是日本的不動明王，
現在是當地溫泉業者
信奉的對象。

棒球之神（臺南）

隨著日本在日治時期
將棒球帶入臺灣，
信仰也被一起帶來。
因為依附球場的關係，
無法隨日人離開而留在這裡。

基本上這兩尊
原來都是日本神，
後來內化成臺灣神。

火跟水祥獸

跟關仔嶺火王爺一樣都是日本時代的形象，靈感來自於水火同源，以及當地舉辦祭典時的花燈造型。很愛吵架打架。

第46回.
二戰平南高中 下

又是那種心臟被抓住的感覺……
完全變了個人似的……
沙
就像頭野獸一樣……！
光蹲在後面就能感到強大的壓力……

……！
120 km
……這樣啊。
……算了，沒意思。

可惡啊！
落地安打！
果然對方會放湯德灰上壘。
又想故技重施啊？
以為無視我就能安心幹掉後面的嗎？
我看你是沒吃過我們府城加農炮喔？
馬上就讓你品嘗品嘗！
府城……
加農炮？

好高……
超高大！
跟湯德灰……
不，比他還要
強壯……！
冷靜下來，
要想辦法
三振他！

作為投手，
在聽到擊球聲時，大概都能預測出會有什麼結果，
而這球很清楚地……
60

完了。
哈哈哈！以為還在打二軍嗎笨蛋！
這次我們可是一軍全上啊！
府城加農炮的滋味如何啊哈哈哈！
第一次被打全壘打……
而且他毫不猶豫地打了第一球……
這就是府城加農炮的威力，只需要一球……
就能改變戰局！

保持這個氣勢進攻！
一口氣拉開距離！
瞥
哼！
覺得同樣方式有用的話就儘管忽視吧！
林峰生！
失禮了。
前提是你要能擊倒我找來的這傢伙……
夠資格作我後盾的第二主將：湯瑪仕・巴克禮！
Thomas Barclay

湯瑪仕・巴克禮

Thomas Barclay

205 cm / 110 kg
整體身材條件比湯德灰還好，
在英國時擔任教會學校的
板球隊隊長，覺得比起板球，
棒球有點太粗魯了，
不過從沒說出來就是了，
個性相當謙遜。

想對好友阿灰傳教，
不過成功機率相當渺茫，
兩人會一起練球、健身、逛街，
平常都用臺語交談。

畢業後也想當牧師。

啊小鬼被幹一發了，你們家的孩子真的都很猛啊～
哈哈哈那個是歸耶穌管的，不是我們的！不過耶穌假日都很忙所以沒來！

第47回.
來自英國的友誼

今天也是來
看書嗎？
今天來找資料，
家父被派到一個
叫做臺灣的國家。
調職？那你也要
跟著去嗎，湯瑪仕？
我記得你不是在皇家
球隊打球打得很好嗎？
哈哈，多少
有一點可惜。
但畢竟是神的意思……
相信祂自有安排。
湯瑪仕・巴克禮
14歲
是的。
嗯嗯，
真可惜。
是沒有聽過的
地方呢。
臺灣，
TAIWAN……

啊、冒昧打擾，
那地方是什麼
樣子呢？
又稱作
福爾摩沙……
FORMOSA
請問您剛剛是提到了
福爾摩沙嗎？

……！
這張臉……
啊，是的，聽說之前
教會有派人去過，
所以我來找看看有沒有
福爾摩沙的宣教紀錄……
你莫非是……
巴克禮？
啊，是的，
我叫做湯瑪仕・巴克禮。
這人是……？
我沒在教會裡
看過他……
……！
我不記得
見過您……？
……這個名字是繼承
我一位遠親的名字，
家父告訴我他曾到過福爾
摩沙，我就是想來找那位
親戚的資料……
請問您認識的是
我父親或哪位嗎？
……！
HA
HA
啊，抱歉我
失態了！
我的確認識叫
巴克禮的人，
也去過你說的
福爾摩沙！
HA
HA
HA
HA

少年，
啊，太好了！
沒錯，那是個可愛的島嶼！
真的嗎？您去過那個國家嗎？
你在打球嗎？
啊，是，我在教會學校的皇家隊擔任板球隊隊長。
……這本是我寫的，希望能幫助你。
另外，少年……等你到了那裡後，
請幫我看看福爾摩沙的人過得好不好、少年們有沒有認真在練球吧！
沒問題！
謝謝！
沙

1948…？
Working his purpose ou
Edward Band
1948
……？
後來回想起這件事時，
卻不感到丁點害怕。
我將萬榮華先生的著作都找了出來，
閱讀他在福爾摩沙的生活紀錄。

每天早上上學前，
我都會到這座學院祈禱，
後來，我們
舉家搬到臺灣，
這裡也是我繼承他名字
的那位前輩，用盡一生
心力打造之處。
在將近一世紀以前，
發生在這個國家的故事……
也許這個想法
有點天真，

請放心，
把您
我會共恁的名
背負
好好仔背起來。
我號做湯馬仕．巴克禮，
剛
拄對英國搬來臺灣。
Thomas Barclay
欸，尼的臺語真好呢，ABT是無？
我美國的。
啊，我是佇英國出世的。
在
ABT：在美國出生的臺灣人。
阮老父佇教會服事神，所以
都跟我
攏佮阮講臺語，
請問你敢有
尼敢有摃野球？
打棒球
……
佇英國的時陣有摃過板球。
窩咧摃野球！窩們嘛攏姓湯！咱就是一家伙仔啦！
…？

那個……抑是咱講英語就好……？
你的臺語有夠爛…
補行！遮裡摃野球的攏是講臺語！窩想欲學！
臺語……
你若來教會會學誠緊喔。
補愛！我補愛去教會！補愛信教！
果然佮（和）冊內底寫的仝（同）款無遐爾（沒那麼）簡單呢！
哈哈！
按呢我來教你臺語按怎講。
我和湯德灰的交情就是對遮（從這）開始。
猶無過，先輩，
雖然伊無願意信主，
我教伊講臺語，
kàn你祖師爺扛去燒燒咧啦kàn！
猴死囡仔是咧講啥潲！
我就猴按怎ーnih！
無一個月我就看著伊佇路邊佮人用臺語相罵…
而且我佮伊（我和他）予人號府城加農炮這款驚人的名……
親像恁當初時為遮（這）的人奉獻所學的仝（同）款……

我嘛會盡我所能地幫助他們！
又打出球場！到底是什麼怪力……！
歐美混血兒在體能與力量上有著先天的壓倒性差異……
府城加農炮轟出第二支全壘打！
平南高中以4比0領先武德高中！

萬榮華
Edward Band
湯瑪仕・巴克禮
THomas Barclay
兩位都是牧師
在清領至日治時期
來臺宣教。

少年們現在每次比賽完
就會衝過去跟對方打架呢！

不要打架啊……
還有你那套
衣服怎麼回事？

沒事沒事，
這是臺灣人少數
可以出口氣的
大好機會呢！

雖然萬榮華跟湯德灰
設定上沒有任何關係，
但畫完後才發現他倆
個性超像的……

關於傳教士的故事，我另外出版了
《臺灣名人傳記漫畫：巴克禮》、《傳教吧！福音戰士》
有興趣的可以找來看看。

萬榮華被我畫得很像吸血鬼，
一定是因為他是英國人（X）。

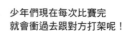

第48回．Fire Up

好熱……
為什麼臺南的太陽這麼大呢？
為什麼其他人好像都沒事？
揮空三振！
不是十月了嗎……
因為這裡是熱帶啊，沒事臺南的太陽很舒服的！
舒服個鬼！
奇奇妳先下場休息吧，嚴重的話，熱中暑可能脫水致死的。
我已經快死掉了啦……
妳已經盡力了。
他們全都是男生啊，而且還有混血兒耶。
就已經……已經盡力…
因為妳是……
大家總是說一樣的話……
為什麼只能做到這裡啊，就因為先天體質？討厭……

逮到你了！
平南高中
第一棒 薛兵埕
糟糕！
一年級的相當積極呢。
讓他上一軍果然正確。
第五局結束！
武德 0
平南 5
5
毫不意外地一面倒啊。
畢竟都被平南的二軍給扣倒了。
兩軍實力差距可不是光一個投手就能拉近的。
太慘了吧……
應援服才穿一次就沒機會再穿啦！
要哭了嗎？
啦啦隊隊長。

大家！加油啊！
沒人看好也沒關係！絕對不要認輸！
直接認輸的話可是超丟臺中的臉啊！
教練。
武德高中更換首棒打者：投手林峰生！
加油！武德高中加油！
大家……
大家都還沒放棄希望……現在需要的是一個星火……！
我必須要點燃大家的鬥志！
峰生！
就是這樣！上吧！

想直衝二壘……
你這傢伙真棒啊！
傳給我！
不能一直被壓制……
無論如何，我都要……
點燃這顆星火！

SAFE！
嘖！
峰生——！
好像真的有點太衝了啊……
……！
做得不錯，
很帥的早稻田式撲壘。

找到田？
啊你不是站中外怎麼跑來二壘？
把握機會全力推進吧大家！
當然！連投手都拚成這樣……
不拚的話就太丟臉的！
武德高中獲得今天的第一分！
太好啦！
成功破蛋！
氣勢終於回來了呢。
大家，跟他們拚了！
阿灰……
呵呵……
好傢伙，不只打擊，連其他的也都學走了嗎？
就是這樣，繼續變得更強吧！

哦啊啊啊啊啊！
可惡⋯⋯
退到警戒區也沒用啊！
兩方分數再次拉開！
還不只這樣。
武德 1
平南 6
5
喀
喀
用身體體會吧，
能夠造成連續重傷害的府城加農炮！

武德
平南高中再添一安！
別被影響了！落後就落後我們繼續追就對了！
當然……
除了苦命追趕，將加農炮的傷害壓到最小以外……
還是沒辦法解決他們任何一個……！
其他的什麼也做不到！
連續三振！

攻守交換！
武德的基本策略做得很好呢。
已經被血洗過的關係吧，即使被連續安打也毫不動搖。
呵，
難怪平南一點都不敢大意。
阿峰！辛苦啦！
被那兩門重炮輪轟還能穩定三振真厲害！
……至少一個也好，
其他人我都能解決，不管是湯德灰還是湯瑪仕，只要能再解決一個的話……
噯，你這樣想也沒錯啦。
人要往高處爬，不過他們有先天優勢啊！
洋將砲管就是比臺灣粗一大截沒錯咧！
天生優勢……

你跟我的背號
加起來就是
一百分了呢！
……那也要
我們同隊吧。
總有一天他會
站上那個夢想
的舞臺，
而我也想……
就算只是個夢。
HUI
99
必須……
要更加努力
才行。
武德
Bú-Tik
武德
Bú-Tik
武德
Bú-Tik

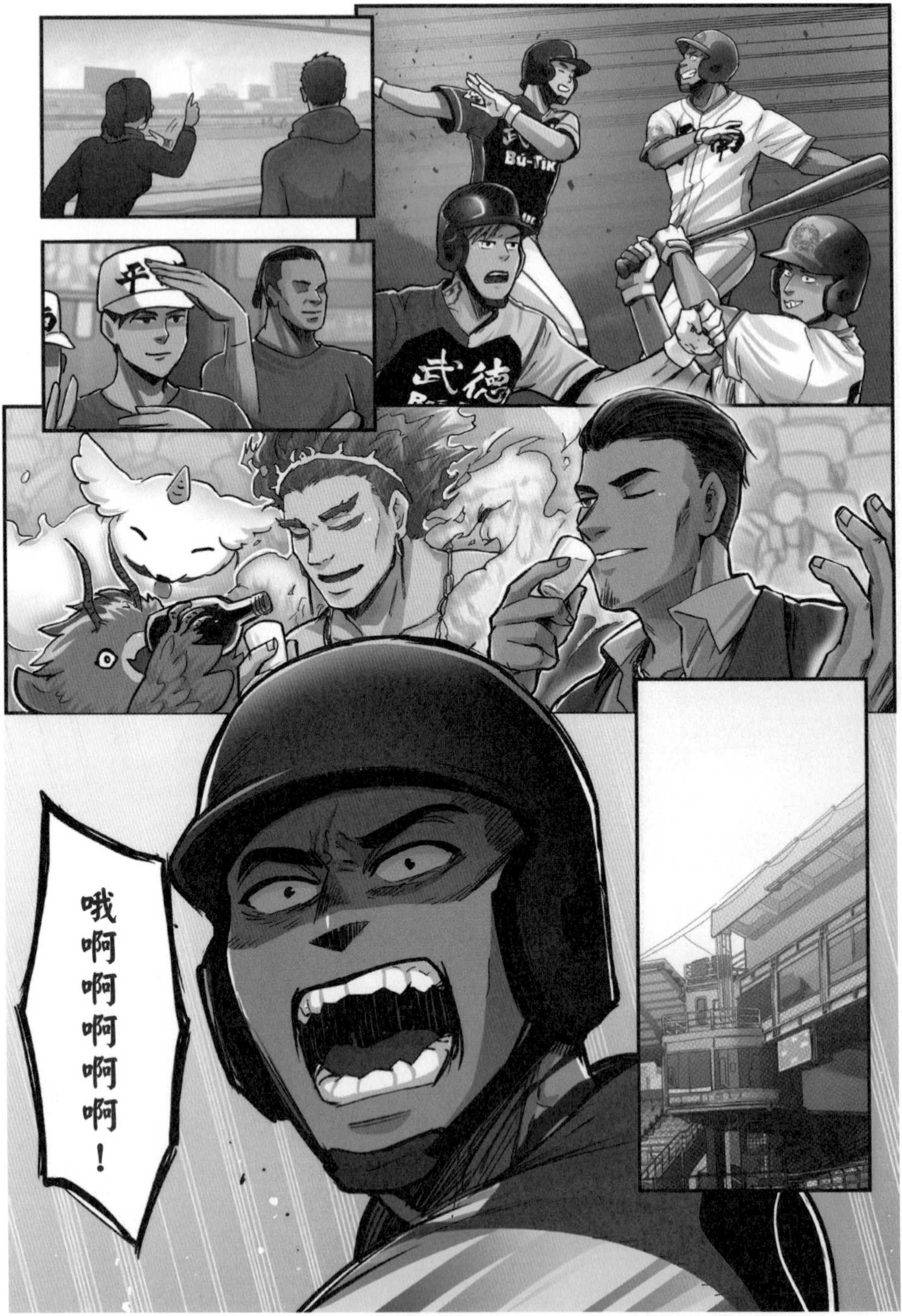
Bú-Tik
武德
哦啊啊啊啊啊！

武德也有怪力打者呢！
聯盟送他一箱58啦！
人家高中生未成年啦哈哈哈。
差距稍微縮小了，
不能再丟任何一分……
盡可能地解決更多打者……

※58：金門高粱58度C。

壞球！
壞球！
四壞保送！
不願意拿出全力啊……
到頭來你也跟那些人一樣懼怕著我吧。
……當然不是。

STRIKE！
揮空？
奇怪，應該至少會擦到棒子邊的才對。
啊……

解決他……
被針對了啊……
全力迎戰可是紳士的基本禮儀呢。
不能再讓分數被拉開！
用全力跟他拚了！

三振！
成功了……！
他又變得更強了呢……
你一定非常高興吧。

比賽進行到第九局，武德高中首棒打者：投手，林峰生。
武德 3
平南 6
9
最後三個出局數……
拜託！出現奇蹟吧！
加油啊峰生！靠你的主角光環了！
哇啊！
平南高中投出觸身球，首棒打者上壘。
那個投手剛剛用一記早稻田撲壘就點燃反攻氣勢……
絕對不能大意！

第二棒也是左打，你左投剛好剋他，
丟那個投手，然後讓第二棒打出滾地球去抓雙殺！
痛
痛
不要怪我……
我的任務就是抓三個出局數！
嘖！
雙殺！
不要啊！
可惡！
要結束在這裡了嗎……
接著上場的是武德高中的第三棒……
馬博拉斯！

界外球！
該死……
界外球！
界外球！
呀……
界外球
請注意安全！
啊kàn我的便當！
緊握
可惡，就不信解決不掉你這隻山猴子！
加油啊！馬博拉斯！
馬博拉斯！
武術 Bú-Tik

突襲短打！
不能
不能結束在這裡——
武德
平南

啪
平南高中出現今天的首次失誤、武德高中站上二壘得點圈！
可惡！
明明就差一點，竟然……該死！
啪
EEEE起來！
活下來啦！
幹得好，馬博拉斯！
大難不死，必有後福！
哼，那小子去住教練家後就變一個人啦！

我可不能輸給你啊臭小子！
武德高中安打送回二壘跑者！
糟糕，氣勢又起來了……
而且下一棒是……
上吧！肆天！
讓他看看高中界全壘打王的威力！
還用得著你說……

爽啦！
我們也幹出第二支全壘打了！
武德高中轟出追平的兩分砲。
肆天果然是最強的！
無人能敵全壘打王！
武德
哼，就說那傢伙只適合打球了啊！
暫停。
瑞惠羊乳
……教練，
我抓得到最後一個出局數！
請讓我完成這場比賽吧！

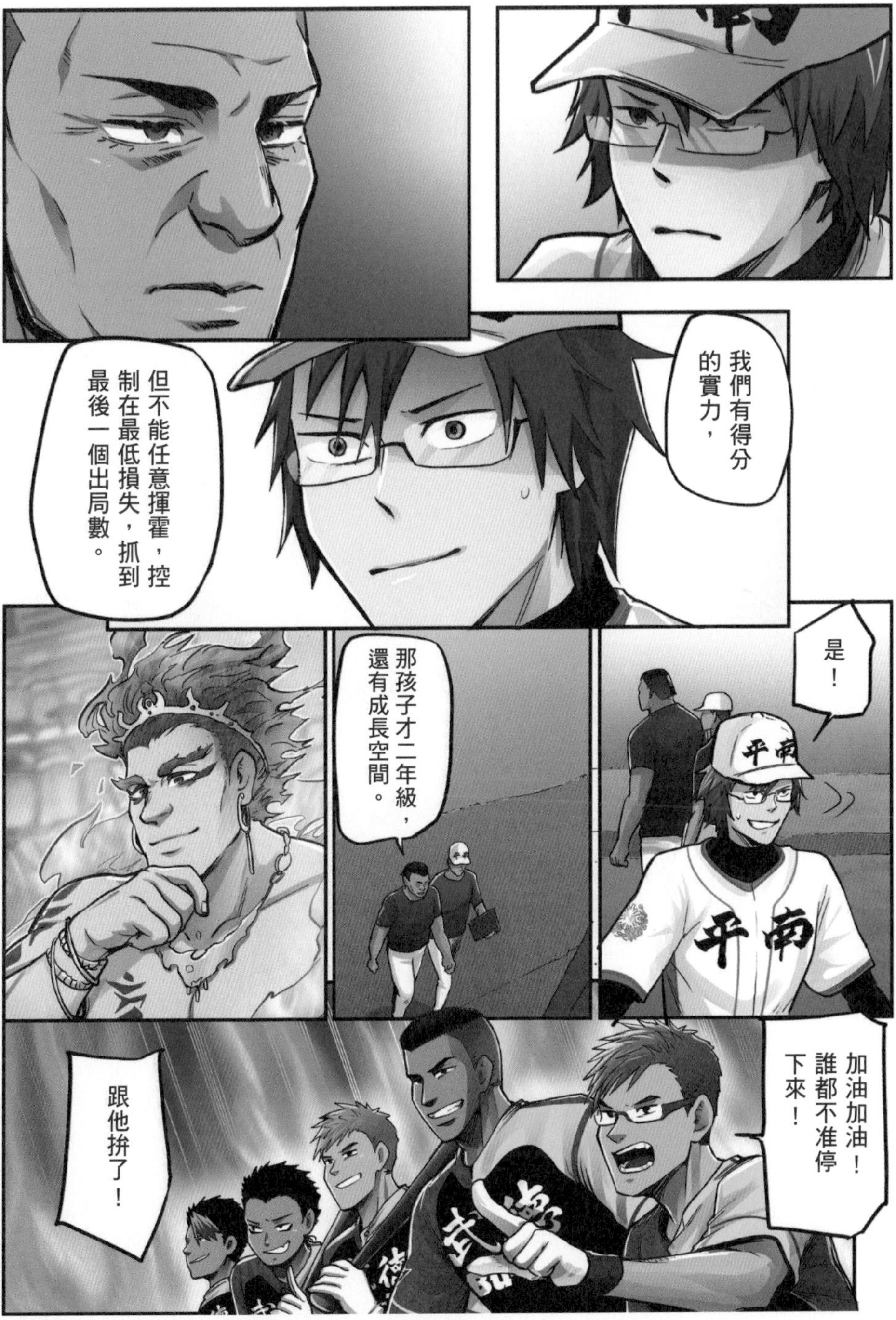
我們有得分的實力，
但不能任意揮霍，控制在最低損失，抓到最後一個出局數。
是！
那孩子才二年級，還有成長空間。
加油加油！誰都不准停下來！
跟他拚了！

短槍也是槍啊！
哈哈怕了吧！
第六棒
短打上壘！
下一棒也是短打！
趨前守備！
欸嘿，其實不是啦～
Kàn！怎麼又漏……
可惡！

休想再前進！
笨蛋！出現失誤就給我停下來！
不要衝動啊阿鹿！
可惡！
平南高中出現爆傳！
呀噫！在我大臺南球場得分的成就達成啦哈哈！
而且還是反超分！
糟糕……
完、完蛋了……
武德
Bú-Tik

統統都給我冷靜！
竟然連續犯了這種新手錯誤，丟不丟臉啊你們！
你們還敢自稱是平南高中的一軍嗎？
給我繃緊神經守下這一局！
阿灰真正生氣矣……
給我抓下出局數！誰要再敢出差錯我就宰了他！

不過他們的確把我們軍心全給打亂了，
即使被三振了多次，每個人眼中都還是滿滿鬥志……
加油
加油！
呵呵……
這個也是，完全沉浸在其中了呢。
九局下半，比賽才要真正開始啊！
台南市

牙敗，
糟糕
真的會被殺掉。
現在九局下半，我們竟然落後給武德高中，
第一棒那個一年級的竟然上了壘……
教練就是因為他上壘很積極才破格升他一軍，
然後阿灰不知發什麼神經好像很欣賞那個被我們霸凌過的投手，
剛剛兩次失誤，要是再沒有上壘被三振掉……
不管怎麼想都很牙敗啊！
啊啊啊不管啦短打也要上！

三壘有人，
兩出局！
成功推進！
一出局！
平南站上
得點圈！
平南高中也祭出
連續短打！
來了……
最糟糕的狀況……
呵呵……
算他們識相。
呵

武德
下雨了……
討厭的感覺和氣味。
今天夜市又不用擺攤了吧，
沒有擺攤，就沒有收入……
我們真的是完全不同世界的人呢。
是啊，
我們是來自如此不同的世界。

所有人都相信他未來能登上大師聯盟。
謝什麼，我是為了自己。
你知道該怎麼回報的……
今天可別讓我失望啊。
而這樣的人對我有著期待，
都是因為棒球，
原本毫不相干的兩個世界，
終於有了連結。

想幹一支大的！
想三振這傢伙！
是對決的時候了。

在臺南最常看到的IDF，一次都是兩架，
速度飛最快，聲音滿好聽的。

然後如果凌晨還聽到它的聲音，
絕對是阿共的問題。

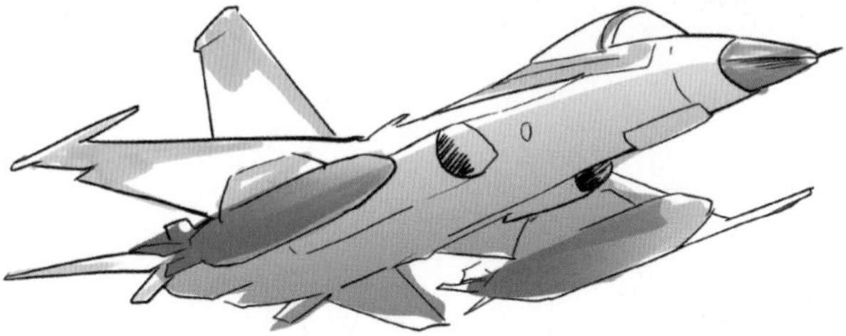

這傢伙會直接飛過球場中間，
還滿安靜的。

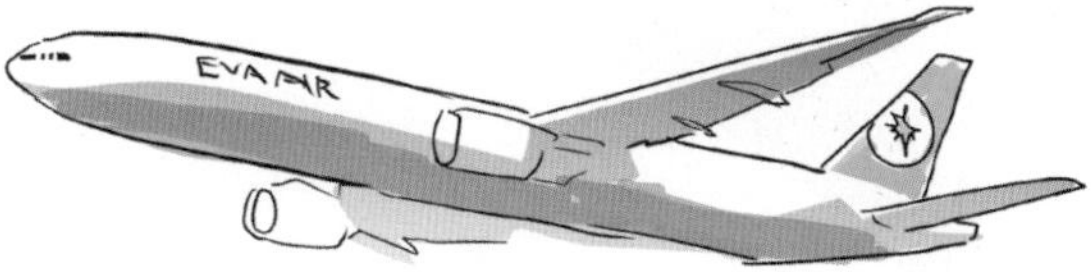

這隻比較少看到，
但最吵也最慢。

第49回.強者的期待需要強者來回應

暫停！
！
呼
呼
呼
怎麼回事？我剛剛是忘記呼吸了嗎……
你冷靜一點，峰生。
你緊張到完全沒在看我打的暗號了。
湯德灰的天賦是「越戰越強」可說是投手的天敵。
九局下半
最後一出局
全壘打+1
各種條件堆疊，現在的湯德灰上壘率絕對超過九成。
現在是最後一局，以及可能是最後一個打席，加上他已經上壘四次……
卡牌遊戲的話應該能打出百萬傷害了！
抽卡遊戲就是傷害通膨啦！
……

……我不想保送他。
你一直在對湯德灰放水，
就算贏了也會有點遺憾，對吧。
我們會保護你的背後，
儘管讓他打來中外野吧！
別讓他把球打太高就還好。
關一，
？
記得你模擬過的情境嗎？衝二壘還是留在一壘。
記得。
湯德灰能跑就絕對會衝三壘，甚至拚回本壘。
他會全力去做，無論是對付我或誰，他都會全力跑壘。

我也必須以全力回應他才行。
……峰生，
……已經成長到這種程度了啊。
交給你決定吧，
你才是我們真正的主將。
做決定後就只要相信自己就好了。
不要去想後果，全力以赴！
……我一直都想這麼做！

拿出全力解決他……！
武德
武德
終於啊……！

將所有的力量透過指尖，注入球中，
就像是施放法術一樣？
誰聽得懂啊！
那些無法言喻的感覺如今卻像呼吸一樣清晰。
哈哈——這就是我要的！
來吧！

武德

糟糕，他刻意等得更進去！
已經下沉那麼多了竟然還抓得到！

又一次，
投手的本能
讓我知道……
不愧是最強
高中生……
多麼純粹的
推打啊。
完了。

太好了！
不只追平，而是
直接逆轉……！
不行！這個
距離太遠了！
……出去了。
就算雨水影響
只打在牆上也
是二壘安打！
掉分掉定啦！
阿峰也沒打過
延長賽啊！
太好啦！
比賽終於
結束啦！
贏啦！
阿灰果然是
最強的！
阿灰！
815乳膠漆
0
1

武德
武德

馬博拉斯……
刷
教練？

你過去所承受的那些事情，
我們會以手邊現有的資源來幫助你。
阿榮，你父親那邊……
教練也會想辦法跟他解釋發生什麼事，該做什麼……
總之，我會盡力幫助你們，
雖然離開家裡，到遙遠的西部打球對你來說是件很不好受的事情。
但是……

你可以試著將球場當成你守護的獵場……
盡情地奔馳……馬博拉斯。
很痛……
為什麼不相信我？

連球都接不好，你這沒用的廢物！
我真的很痛……
相信我……
我想要……
你只是個三流球員！
休想爬上一軍的位置！
表現怎麼這麼差！
花在你身上的錢都白花了！
回應教練的信任！
德
Bu-Tik

我的獵場……
我會守護住的！

馬博拉斯！
竟然……接住了!?
這也就代表……

三人出局，比賽結束！
我們不是一路領先嗎……
由武德高中7比6獲勝！
武德高中晉級前十八強賽！
那個球員是誰？
好像叫馬博拉斯！
原名嗎？怎麼拼？
快查他的資歷！
這種等級的球員不可能憑空冒出來的！
為什麼之前沒有注意到這個球員？
啊！這個原名我有印象……
幾年前我寫過他……
武德
Bú-Tik

找到了！
四年前小馬盃的臺灣隊主將……
馬博拉斯！就是這個球員！
可是為什麼這幾年都沒聽到這個名字？
他國小畢業後呢？
被挖角到某間名校的樣子。
……之後就完全消失了？
為什麼？
不清楚，太多人升學後就消失了。
但是這個五星級守備……
沒錯，他完全回來了！
……
竟然輸了……
怎麼可能……
惠羊乳
茶中王
中心

那個傢伙，之前似乎有打過照面……
友誼賽時……
這球飛得很遠！中外野手退到牆邊…
跳起來沒收了這個平凡的飛球！
平凡個屁啦！
那時我也是這樣沒收了他的全壘打……！
哈哈哈哈哈——真的是……
太有趣了啊，棒球之神！哈哈哈哈——
哦，天啊，林峰生！
你的隊友也太厲害了吧！我完全輸了！

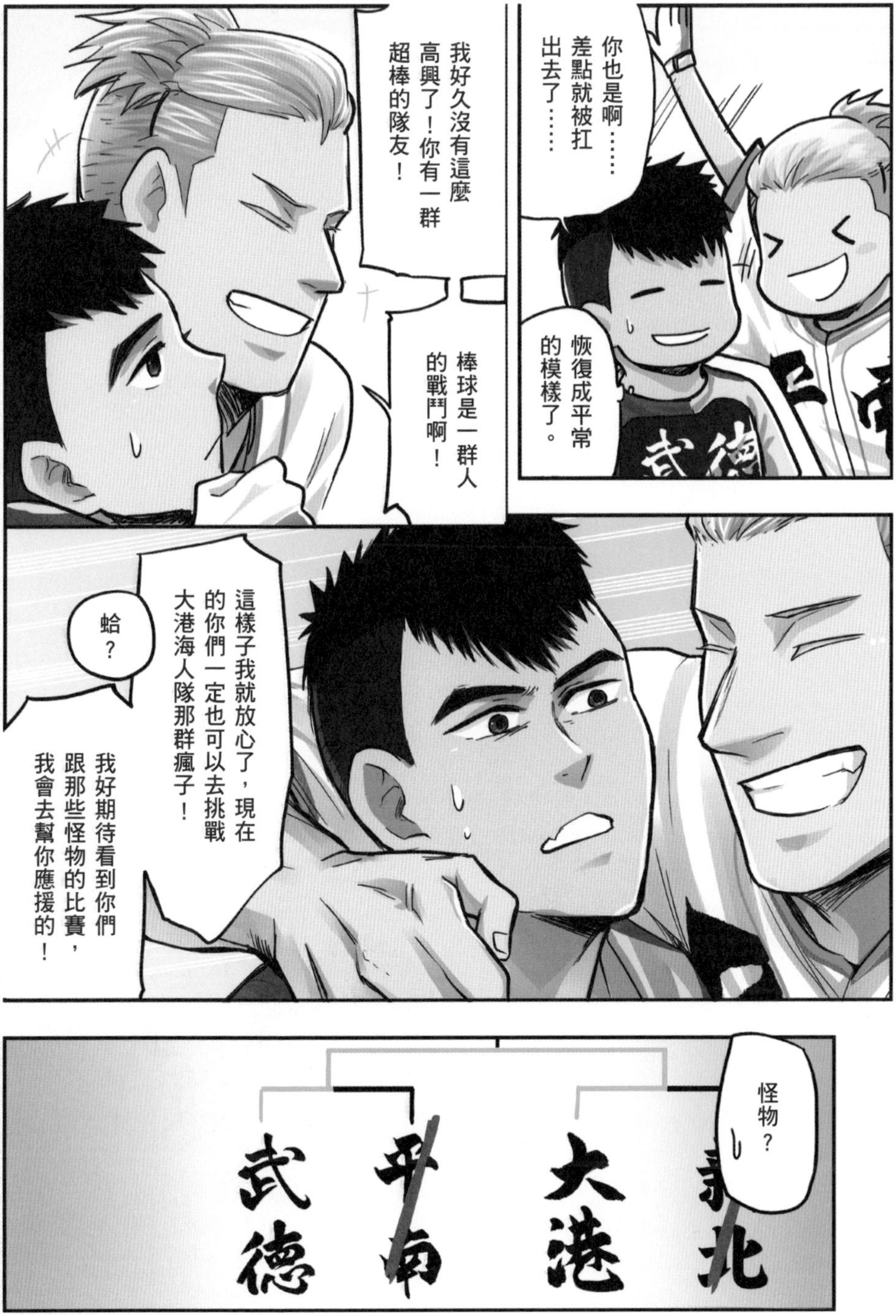
你也是啊……差點就被扛出去了……
恢復成平常的模樣了。
我好久沒有這麼高興了！你有一群超棒的隊友！
棒球是一群人的戰鬥啊！
這樣子我就放心了，現在的你們一定也可以去挑戰大港海人隊那群瘋子！
蛤？
我好期待看到你們跟那些怪物的比賽，我會去幫你應援的！
怪物？
武德
平南
大港
北

阿峰你好厲害
哈哈哈！
力氣好大……
掙不開……
救……
阿灰，放開人家
讓他去跟隊友
慶祝啦……
南

第50回.海人登場！

今年第N號颱風
正往臺灣西南方
前進——
大港高中二年級
古庸
《俠鋪》合作授權角色
將於本週末最接
近臺灣，南部嚴
防豪大雨……

啊啦？古庸你總算下山啦！
大港高中二年級
卡道道木（弟）
好久不見，該刮一下鬍子囉。
卡拉拉立（兄）
人都到了？
你一定要站在那裡說話嗎？
還以為他又忘記要比賽哩。
一跑上山修煉就失去聯絡。
古庸到了啊林兩人呢？
天曉得～
他才不會刮呢。
賽前刮鬍子會改運的都市傳說嗎？
連花劍都比他們早到。
旗津人出了旗津就是要辦事的……
我的劍已迫不及待要幹掉平南了……
大港高中三年級
花劍
蛤？平南已經被武德幹掉了喔。
拿泥?!
昨天的比賽是武德高中贏了喔。

那個雖然老里老氣但還算強的平南輸掉了啊？
花劍你沒資格說人老啊。
對啊老花。
……哼。
不過就是兩個混血的洋將，
我早就預料到他們會被淘汰的命運了！
啊不，古庸你剛剛明明也不知道吧。
不要以為沒人發現喔。
來吧……
武德高中！
這是戰爭！
讓我看看你們要如何面對憤怒的大海吧！

被眾山所環繞、守護的臺中
面對寬闊大海的跳板高雄，
誰能在戰爭之中存活？
下集《巔峰盃十八強戰》：
無人能贏的戰爭！

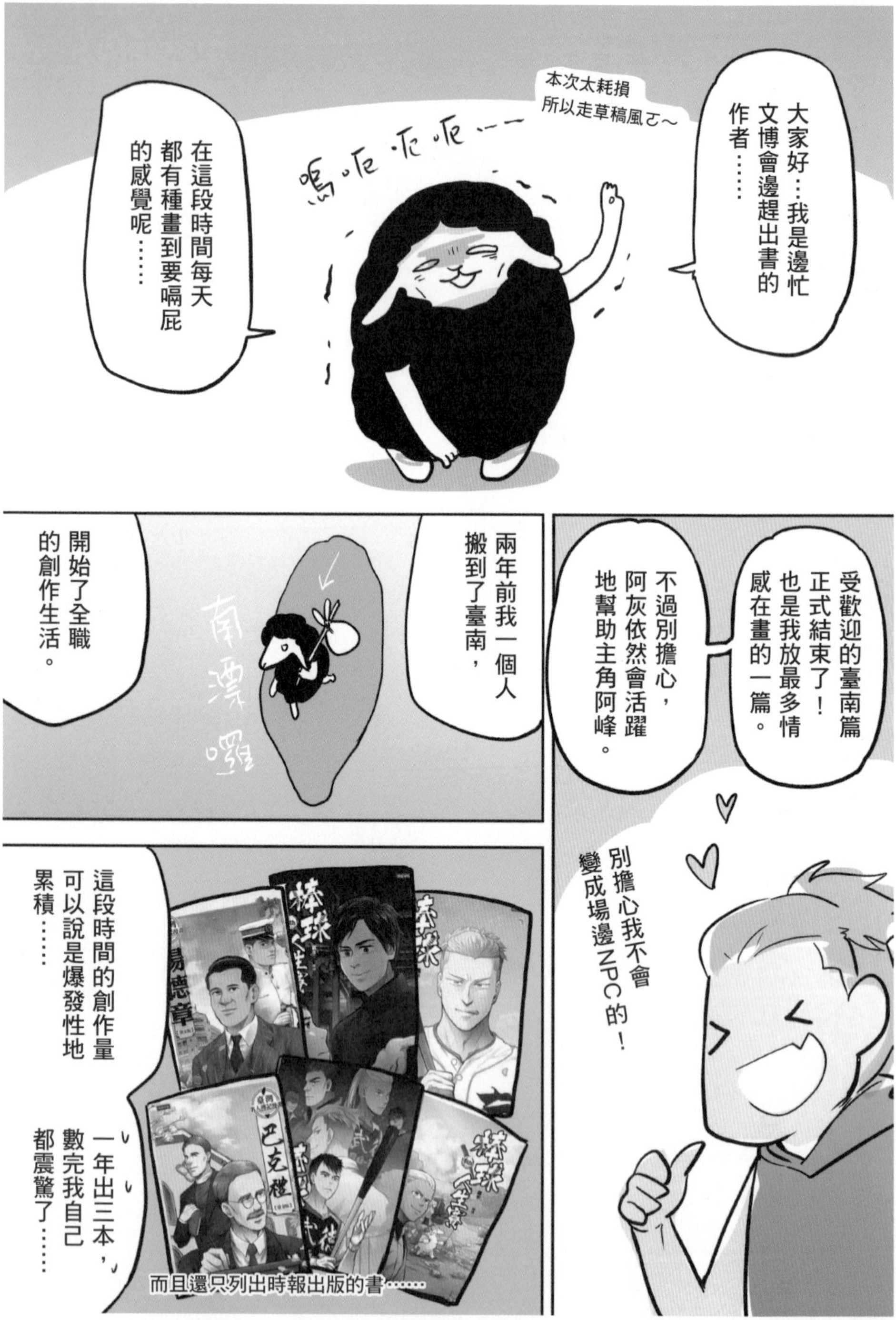
大家好…我是邊忙文博會邊趕出書的作者……
本次太耗損所以走草稿風ㄛ～
嗚呃呃呃…
在這段時間每天都有種畫到要嗝屁的感覺呢……
受歡迎的臺南篇正式結束了！也是我放最多情感在畫的一篇。
不過別擔心，阿灰依然會活躍地幫助主角阿峰。
別擔心我不會變成場邊NPC的！
兩年前我一個人搬到了臺南，
南漂囉
開始了全職的創作生活。
這段時間的創作量可以說是爆發性地累積……
巴克禮
一年出三本，數完我自己都震驚了……
而且還只列出時報出版的書……

這座即將四百歲的城市有太多故事可以畫了，
它不只給了我安心的歸屬感，還有我所追求的認同感。
再加上許多知名的球星都出身於臺南，
因此想要特別著重於對臺南的描寫，將這地方的特色全揉進去。
WANG
兩位曾經拯救過臺南的人物後代，都在本篇中登場。
另外也要特別感謝長老教會的幫忙，不僅接受這個設定，還幫忙打書，
牧師和教徒們幫忙的力道真是嚇壞我了。

接下來談談這次臺南篇的故事吧！
大家應該有注意到我很喜歡卡牌遊戲，
萬惡抽卡!!
本作中只有三張頂尖的SSR卡，
第一張自然是頂天buff全滿的湯德灰，
湯德灰
99
CF 99 / 98 / 95 93 / 99 / 98
第二張則是馬博拉斯！
兩個都是官方親兒子啦！
其實一開始只給了馬博拉斯最低的N卡等級，
幾乎和找來的幫手差不多。
馬博拉斯
武德 Bú-Tik
IF ?? / ?? / ?? ?? / ?? / ??
07
剛登場時他打得掙扎又猶豫，各種害怕犯錯。
霸凌和欺負在名校與體育班的光芒陰影中處處存在，
你們這些沒用的廢物！
休想爬上一軍的位
原來光芒璀璨的小球員，被霸凌到失去信心，
最後甚至放棄了打球的例子不勝枚舉。

教練注意到了球員的問題，雖然他本身是不善溝通的人，
但還是會想要找出問題，然後幫助球員解決。
我的獵場…
能夠再次閃耀出自身實力光芒的馬博拉斯並不是因為本身幸運，
你可以試著將球場當成你守護的獵場…
盡情地奔馳…馬博拉斯。
而是沒有被放棄，才有機會再次成為球場上的強者。
武德
Bú-Tik

棒球不是一對一的運動，正因為如此，
猶如第49回（104話）的標題：強者的期待需要強者來回應
他才能夠回應強大的湯德灰，
武德
Hunter vs Beast
讓前面鋪陳的獵人屬性來剋野獸屬性。
雖然這只是我做出來的卡片屬性遊戲，
但願現實中所有的年輕球員都能順利綻放自身光芒，
在球場上發光發熱、閃閃耀目。
更期待年輕的教練們能夠幫助減少這些霸凌的問題。

不過啊，連載時真的有發生很多巧合，
好像叫馬博拉斯
教練應該很快就會讓他上一軍了吧。
上一軍？開什麼玩笑…我花兩年才爬上這個位置…
不過就是隻山上抓來的
像是馬博拉斯被霸凌回憶篇時，剛好爆出一樣的新聞……
…這個名字是繼承我一位遠親的名字
專門for長老教會的萬榮華篇時，發生了長老教會槍擊事件，
請問您認識的我父親或哪位
……
HA HA HA HA HA
馬博拉斯復活篇則剛好是原住民日……
我在書中畫了很多很多的神靈，
無論是日本神、中國神、西洋神，還是本島神……
呵，
我想是因為這樣，才產生了更多的共鳴，甚至像是被安排好的吧。
！
火王爺。

往後的我大概會帶著各種感嘆又感恩的心情，
戰戰兢兢地完成未來的每個作品吧。
也很謝謝願意購買此書的各位。
不過應該已經有讀者意識到本故事的進行方向是參考什麼了嘿嘿！
你以為打完平南就可以不用看了嗎？哼，年輕人就是太天真了。
下一集，將會是真正的戰爭！
而戰爭之中，是不會有贏家的！
請好好期待，高雄——大港，這個工業海港的故事啊！

雖然說要去高雄取材……
但是文博會期間
差點嗝屁……
好累好可怕……

Fun 089

棒球人生賽 7th

作　者—蠢羊（羊寧欣）
協　力—花栗鼠（韓璟）
主　編—陳信宏
責任編輯—王瓊苹
責任企劃—吳美瑤
美術協力—洪伊珊
臺文審定—薛翰駿、李盈佳

編輯總監—蘇清霖
董事長—趙政岷
出版者—時報文化出版企業股份有限公司
一〇八〇一九台北市和平西路三段二四〇號三樓
發行專線—（〇二）二三〇六—六八四二
讀者服務專線—〇八〇〇—二三一—七〇五
（〇二）二三〇四—七一〇三
讀者服務傳真—（〇二）二三〇四—六八五八
郵撥—一九三四四七二四時報文化出版公司
信箱—一〇八九九臺北華江橋郵局第九九信箱
時報悅讀網—http://www.readingtimes.com.tw
電子郵件信箱—newlife@readingtimes.com.tw
時報出版愛讀者粉絲團—http://www.facebook.com/readingtimes.2
法律顧問—理律法律事務所　陳長文律師、李念祖律師
印　刷—華展印刷有限公司
初版一刷—二〇二二年九月九日
定　價—新臺幣三三〇元

時報文化出版公司成立於一九七五年，並於一九九九年股票上櫃公開發行，於二〇〇八年脫離中時集團非屬旺中，以「尊重智慧與創意的文化事業」為信念。

ISBN 978-626-335-840-9
Printed in Taiwan